U0072373

Restricted
area
禁區

李如青 文·圖

目 錄

刻畫入微的戰地歲月

「如何表述那段遠颺的戰地歲月？」戰地金門，對許多人是既陌生，又熟悉。陌生是必然的，因為戰地的關鍵詞便是「禦外」、「阻絕」、「禁區」；熟悉卻是金門在地人的強烈印象，是故聽來總是增添了許多裝飾與塗彩。

馬克思曾言：「人類創造歷史，但不是在真空中創造」，在歷史的長河中，雖然威脅和平、破壞穩定的因素不可免，但是追求和平進步、嚮往正義自由，永遠是進步人類的根本利益和共同願望。金門解除戰地政務管制已逾二十載，許多人都嘗試過用自己的角度去書寫、描繪那段歲月；李如青，無疑是極為精采的一位。

李如青 1962 年出生於金門，1987 年赴臺發展；作品曾獲豐子愷圖畫書獎、金鼎獎，以及好書大家讀的年度最優秀畫家大獎的肯定。李先生在童書、繪本上的卓然成就勿庸多言，其

對戰地家鄉濃烈的情懷更令人動容。2010年出版的《雄獅堡最後的衛兵》，描繪一段發生在金門海防線上人與狗真誠無悔的情誼，點出了對家鄉未來的憧憬。這本《禁區》則以十個「禁制」的故事，深度刻畫許多看似荒誕，卻又真實無比的戰地生活與歷史；可以說這是一本極富可看性與故事性的精采圖文書。

艱苦的歲月，快樂的人還是找得到快樂；美好的時代，悲傷的人還是離不開悲傷。《禁區》裡描繪的或許不是美好的時代與快樂的歲月，卻給予我們十足的去省思過去、策勵未來的堅強與勇氣。覽之不勝感慨，是以特為序薦。

金門縣縣長　陳福海　謹識

平行的生命線

　　慢慢談的時代慢慢來到了臺灣，而且慢慢湧到金門或者也正慢慢的湧向廈門了。

　　你手上這本書，快快讀，慢慢讀，都是要讀好多遍，才會發現自己讀不太懂。

　　如果你讀書總是想要讀到全懂，那我勸你，現在就放下，不要再看下去。想看下去，建議你，改變一下閱讀的習慣：不太懂，找人談一談。

　　這本書，我讀好多遍了，讀它，我發現，我在照鏡子。五十多年前，我當兵，預官十七期，住在金門一年多，翟山、古崗湖，我都站過崗，半夜問口令，口令回答不夠快，命令士兵拉槍機，命令我手邊的中士狼犬準備上前攻擊；每星期有兩天，陪通訊士官，到金門酒廠去查線，順便帶兩個空水壺，到點，裝些純水，回到連部，水壺變成酒壺，通訊士的魔法，每星期變兩回，全連官兵總是嘖嘖稱奇。每次的純水都一樣卻又不一樣，忍不住要再試一次。

　　他查的是電話線，而我們稱奇的卻是可以入口的純水似酒的生命線，生命線貫穿著一個一個的故事，原先都不可說不能說不想說不敢說，不小心太小心說了都趕快再說說或亂亂說，說是高粱酒喝太多。現在李如青，這位大哥哥，或是叔叔或是伯伯或是爺爺吧，用他的筆，又畫又寫，給了我們這些都是真的在金門生活過的金門經驗。讓人讀了決定不信、難以相信又不願相信的昨日黃花之山之海一大片，海山之間，天地之間，一切走在地上游在水中飛在天上的都自由自在，除了五個小孩的主人或親戚，總是手拿一個小本子上岸離岸都認真找人蓋章簽字留念，記錄著生命線走太遠留下的點點點，那些點連結貫穿起來，如果有了兩條或更多條的平行線，就只能相信，沒法子證明，而我相信人生裡是有平行的生命線。仔細嗅，會有純水的香氣，希望你也相信。

毛毛蟲兒童哲學基金會創辦人

楊茂秀

不能摘的小黃花

只要安靜不說話
美麗的女孩似乎會更爲美麗!
可是……
安靜一旦過了頭

小時候隔壁班有個非常秀麗的女孩，秀麗的原因是……清瘦的臉龐透著些許英氣，女孩幾乎都不說話，好像從來不曾聽她說過話，只要安靜不說話，美麗的女孩似乎會更為美麗！可是安靜一旦過了頭，安靜就成為一種冷漠、傲然、孤僻，安靜成為一道防線，彷彿在告訴著同學們離她遠一點，千萬不要惹她喔！

很久很久以前的金門沙灘，是全世界最美麗的沙灘，美麗的原因是……沙灘幾乎看不到人，沒有人的沙灘安靜得非常漂亮！金門的沙灘是一種非常乾淨的亮亮的石英沙，在豔陽下閃閃發光、有些刺眼，海水連天湛藍的圓弧線，襯著遠方小小的船，在潮汐高潮線上來一點點的位置，有著成片成片的小黃花匍匐著沙丘，那是種帶點微綠並不俗豔的待宵花，大人們說：看到這種花記得離她遠一點，千萬不能去摘喔！

每年的四月到九月，走在金門的海邊、沙灘，幾乎都可以看到盛開成一大片一大片的黃色花海，離我家最近的金城鎮南門里雄獅堡海灘、就很容易遇見這樣的黃花沙灘；以前沙灘上除了瓊麻、地雷、鐵絲網、軌條砦、崗哨等等充滿緊張危機的軍事設施之外，唯一算得上賞心悅目的，應該是這種看似柔弱的黃色待宵花，讓肅殺的防禦戰線有種生機蓬勃的不和諧美感，雖然沒有白色的花紅色的花紫色的花來相陪、來裝飾，但是綿延沙灘的小黃花依然甜美歡愉的綻放著，就像是點綴了黃色碎花的碧綠地毯，她是如此柔順服貼著這片頑強酷熱的旱地，她是如此堅定不移的撫慰著被鐵絲網圍著的沙礫。

　　「看到這種花離它遠一點，千萬不要去摘喔！」

　　因為有這種待宵花的地方，一般都有鐵絲網圍著，它，代表這裡是個禁區；它，代表這裡埋藏著地雷；那是久遠久遠的一段記憶……

　　記得那時我還很小很小，金門一點也不美，用「海角窮荒」來形容一點也不為過，尤其是冬天的時候不管穿得多麼厚的毛線衣，依然冷風刺骨寒氣逼人，然而從海邊吹來的風沙也是不遑多讓，那真叫做飛沙走石，黃沙滾滾鋪天蓋地，打在臉上會痛的！

　　後來有好長一段時間駐守在金門的阿兵哥開始變得很忙很忙，這好長的一段時間必須用幾十年來算的。

那時阿兵哥們拚命種樹，由於金門的土地環境極為惡劣，種樹是一件艱苦且重要的任務，樹沒種好，樹沒養活那可是要重重處罰的，隨便砍一顆樹都會被判刑。於是木麻黃、相思樹、苦楝樹、樟樹、光蠟樹慢慢形成了林相，九重葛、瓊麻等防禦性植物也出現了，而最靠近海岸的藍色邊界，據說特別要選能作為標示雷區的植物，待宵花鮮豔的黃色就成為遮掩雷區的美麗偽裝。

現在兩岸關係和緩了，海灘上雷區一個個清除了，沒了鐵絲網，待宵花似乎也開得更美，蔓延得更廣。

昔日隔壁班那個秀麗的小女孩，聽說後來到臺灣念書、工作、結婚、生子，一切都非常順利。有次回鄉在金門碰到她，發現她變得非常開朗非常健談，整個時間幾乎都是聽她說話，我連尋個隙喘口氣放個屁都很難喔……呵呵……

時間的長河呀，她慢慢的流，
流到金門浯江，回頭看一看：
白雲依舊、海風依舊，
不能親近的海灘可以親近了，
不能摘的待宵花可以摘了，冷漠的女孩自由了！

強韌的待宵花

待宵花是柳葉菜科月見草屬植物，為多年生草本，常匍匐貼地生長，葉互生或叢生於枝條的先端，長橢圓形，葉質厚實，葉柄不明顯，莖和葉上都密布白色絨毛。一般花期在 4～9 月，花單朵腋生，花冠黃色，呈倒心形，花柱比雄蕊長。

待宵花原產於北美洲，由於花朵總在夜間開放，到天亮即凋謝，所以又被稱為「待宵花」或「月見草」。金門的待宵花，花開後卻不閉合，因此白天也可以欣賞到它綻放美麗的花容。待宵花耐鹽耐旱，對海濱沙地的生長環境適應性很強，它強韌的生命力彷彿也為金門的形象做了最佳的註解。

不能休息的黑鐵衛兵

記不得他們是何年何月授命到此
這麼一站
已超過一甲子

這群黑鐵衛兵

很……沉……默……

在兩岸交鋒的年代，他們就在金門的海灘站崗，

一站就是五十年。一站就站到現在。

他們一字排開，身向前傾，呈攻擊姿態

保持……沉……默……

記不得他們是何年何月授命到此，

這麼一站，已超過一甲子，

最毒的日頭、最冷的風雨、最猛的浪潮，都不曾退縮，

他們是如此盡忠職守，

保持……沉……默……

無懼浪濤無懼風雨無懼砲火，沒有交代絕不低頭

沒有命令原地守候。

保持……沉……默……

他們是站在金門前線最前面的衛兵

將近半個世紀的戰地戒嚴時期，使得金門海灘保持非常乾淨，一到退潮的時候，常常可以見到一根根粗重的鐵條插在水泥基座上，每根鐵柱以 45 度斜角面向海面，如同一列列紀律森嚴鐵血無情的黑武士。有的密一點二步一根，有的疏一些三步一座，然後依著潮汐線一排排的立在沙灘上，形成金門海灘獨樹一格的地貌景觀，他們就是「軌條砦」（ㄓㄞˋ），又叫做「反登陸樁」。

　　「軌條砦」是一種海濱軍事的阻隔設施，主要防止船艦登陸搶灘靠岸，當漲潮海水淹蓋過軌條砦時，一旦船艦經過，就會被這種尖銳的鐵條刺破船底而擱淺，據說最早

大量使用這種設施是第二次世界大戰的德軍元帥隆美爾，他在大西洋沿岸布置了非常多這種反登陸樁及反空降地樁，又叫「隆美爾之筍」；在《諾曼第登陸》、《搶救雷恩大兵》等歐戰電影的搶灘片段中，常可看到類似的場景。

那時正是海峽兩岸處於相互砲擊、劍拔弩張的狀態，為了防止敵方登岸搶灘，所以在海灘上不但要加緊時間構築，又要抓準漲退潮時間，還要一邊躲砲彈；而鐵軌非常的重，水泥基座也沒那麼快就能凝固，可以想像當時在構築這種工事的時候會是多麼的艱難啊！

在同一個潮汐線上各海灘的潮間帶生態非常豐富，數百年前先民就以花崗岩鑿石為柱插著，吸引牡蠣附著其上成為石蚵墩，排列整齊的石蚵墩也形成「以海為田」的特殊海岸景觀；有些地方，軌條砦還變成了養殖石蚵的蚵架呢。以前金門居民要申請蚵民證才能到海邊採蚵，我的同學火金他們家的石蚵田就位於金城國中外與建功嶼之間的那片潮間帶，先要通過雄獅堡的崗哨，再穿過一排排的軌條砦，走在只有他們才辨識得出的古老水路。這種天然野生的牡蠣體型雖然不大，卻新鮮甘甜無比，所以金門的蚵仔麵線也因此特別出名。

豐富的潮間帶也吸引非常多的候鳥，漲潮時海水漫過長長的軌條砦，只露出短短一小截的頭，這一小截軌條的頭就成了候鳥們海上的暫時棲息地。在海邊常會看到一根根的軌條砦站著一隻隻的候鳥，如鷸鴴、大杓鷸、中杓鷸等，牠們常在軌條砦上一邊休息一邊用銳利的眼睛望向海中搜尋獵物，一發現獵物的蹤跡立刻振翅疾飛，抓到魚後再飛回到軌條砦上享受美食。候鳥們也時常為了搶奪軌條砦而打架，但只要魚鷹一來，大家也只能讓開嘍！

一根根爬滿石蚵、鏽蝕的軌條砦，
一列列已是破銅爛鐵的黑鐵衛兵，
五十年的驚濤拍岸、夜黑風高
你們還是以孤傲之姿，
站得剛毅挺拔
雄赳赳、氣昂昂。

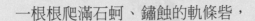

不能欣賞的煙火

每當碰到重要節慶聽到煙火爆裂的聲響
總會讓我想起童年時代
那是中國大陸與金門兩個老對手
雙方用重型榴砲
在相互問候

「咚！」

一個短音，然後「咻——砰！——」的長聲，

每當碰到重要節慶聽到煙火爆裂的聲響，
總會讓我想起童年時代，
只要是在單號的日子，從黃昏到夜晚，
就會有一連串更大的爆裂聲響，
如果距離近些，
連大地都劇烈震動呢，
那正是中國大陸與金門在相互砲擊。

那是個「單打雙不打」的日子。什麼是「單打雙不打」呢？是指民國 47 年金門發生「八二三砲戰」後，兩岸形成對峙，逐漸減少攻勢，大陸採取單日砲擊、雙日不砲擊的軍事威嚇行動，直到民國 68 年與美國建交才停止，而那時我還在念高中呢。

　　我們常說黃道吉日，但是對那個年代的金門，所有的黃道吉日都一定是雙號的日子，因為單號有砲擊呀。日子久了，老人家都能聽聲辨位：聽到「咻──」，表示砲彈越過你上頭了，會落在遠處；若是聽到小小「促、促……」的聲音，那可得趕緊躲好一點，砲彈離你不遠喔！福來的爸爸聽砲聲就知道砲彈會落到哪裡，阿堅的媽媽聽砲聲就知道砲彈是從圍頭或大嶝打的。

　　打過來的很多都是宣傳彈，那是一種裡頭含有宣傳單的砲彈，小學時如果收集到許多宣傳單給訓導主任還可記嘉獎，但得要收集很多很多才有呢！

雖然是宣傳彈，但威力還是很驚人！祥麟他們家搬到新市里復興路時，二樓牆角就曾被砲彈削過一個大洞；榮琅家也挨過，為了挖出砲彈，挖著挖著連周遭也挖出好多顆，還發了筆小財呢。

那年代鄉間農家挨彈的機率較高，不幸的是二姊夫家小時候也曾遭殃，那顆宣傳彈的底座貫穿屋頂穿透二樓地板再深入一樓地板，親家母就在那時往生了，雖然至今已隔近半個世紀，二姊夫小腿上的兩個傷疤依然敘述著昔日悲傷。

老人家常說今晚砲彈打進村裡來，一定是匪砲兵換防了，還不熟練所以才失了準頭。因為共軍大多以破壞陣地，或破壞重要設施，或封鎖地區交通等重要標地為目的，再來就是緊臨著村莊農家的陣地；二姊夫他們家附近不到一百公尺的範圍內，不是駐紮著部隊，不然就是官兵休假中心，或是正氣中華日報社，落彈率比其他地方多了……

雖然大陸共軍很少對著民宅發射砲彈，但流彈或失誤仍然造成很多傷亡，因此百姓們家家戶戶都會挖防空洞，再不就是幾戶人家共同挖一個。後來也許大家太習慣這樣的生活了，就不一定在單打日而是聽砲聲遠近，再決定是否進防空洞。防空洞也成為鄰居好友的另類聚會場所，那個年代沒有冷氣機，所以夏天時在防空洞吃晚餐成為最舒服的選擇。可是只要一下雨，防空洞就會滲進很多水，火金家的防空洞常常水積得像游泳池，可以想像要把整個地下室的水舀出來有多累人呀……

　　防空洞冬暖夏涼的特性，正是最理想的天然酒窖，金門的地下水水質優良，用來釀製高粱酒別具風味。那從天上掉下來的砲彈也成了意外的禮物，這些彈片冶煉成的菜刀，品質非常精良，用個十幾二十年依然鋒利無比，因為砲彈都是用優質的鋼材製造的。早年到金門當兵的年輕人，返鄉時幾乎都會買幾把刀當作紀念，金門砲彈菜刀就這樣名聞全臺了。

這到底是福？是禍？

只能說

在艱苦的歲月

快樂的人還是找得到快樂

美好的時代

悲傷的人還是離不開悲傷

不會游泳的魚

你以爲可以完全融入大海裡
奮鬥向前、再向前、再向前，直到海水浸到胸膛
似乎只要再向前一點點
就能成爲一條魚了

我的家就在金門金城鎮的南門里

離海很近

散步十分鐘就能走到海邊，

可是我不會游泳

很多同學也不會游泳，

因為如果想要到沙灘上踩一下海水，

必須經過崗哨、衛兵、鐵絲網

玻璃山、地雷、軌條砦……

意思就是碰不到海水啦！

　　在那個年代，所有通往海邊的道路，都一定有衛兵崗哨；玻璃山是用破裂的玻璃瓶碎片鑲嵌在水泥上；軌條砦是將鐵軌斷成一截一截，切口呈非常鋒利的斜角插在漲退潮的沙灘上，阻止敵船靠岸。

　　有一些潮間帶在退潮之後，當地的老百姓必須憑著入海證，才能到海邊撿拾海蚵貝類。更早的時候，有些海邊的阿兵哥還會發有顏色的帽子，每天發的帽子顏色都不一樣，今天如果是規定戴紅色的帽子，可千萬別戴藍色帽子喔，因為大家都是紅色的，為什麼只有你是藍色的？嗯，

這八成是匪諜，先抓起來再說！

在那個兩岸對峙的年代被當成匪諜，是非常非常非常糟糕的事。

上了高中，活動力跟著變大了，才知道原來不能靠近的海灘是有例外的；同學阿歪帶我走一條私密的路線，通往當時金門唯一可以戲浪二十分鐘的海灘，但最好是陽光充足的中午時候去，原因是那個時候豔陽正熱、海水正藍、白白淨淨的沙灘上什麼也沒有，有的只是三個頑皮的毛頭小子，多麼美的沙灘呀……

阿兵哥在碉堡看到有人下海玩水會來驅趕，這正是可以戲浪二十分鐘的關鍵，而且大中午烈日當空的，他們會走得比較慢，或許還可以多玩十幾分鐘呢！可能是他們來

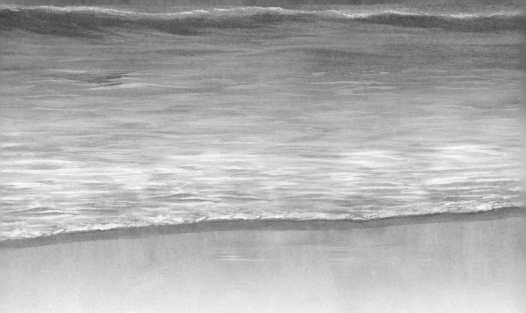

　來回回次數太多，有一回阿兵哥真惱了，竟用機槍開了幾槍，嚇得我們趕緊逃離，從此再也不敢去那片私密的海灘。

　　第一次真實自由的海洋體驗是在淡水沙崙海水浴場，直到現在儘管已經超過三十年，依然能清楚的記得那一刻：空氣中聞到熟悉的海洋氣味，看著陽光下閃耀的浪花，耳朵聽著規律的浪濤聲，腳板傳來沙灘燙人的溫度，踏入冰涼海水的剎那，內心猛然一震，確認了那是自由的感覺，感到血液的脈動和海浪的節奏一樣，澎湃又熱情，彷彿已經和宇宙接上了電源，像是有一股壯闊的能量源源不絕的注入腳底，再透過血管直衝腦門，身上所有的毛細孔一起張開歡呼著，不由自主的想要用盡肺活量大喊：「大海！我來啦！」

你以為可以完全融入大海裡，奮鬥向前、再向前、再向前，直到海水浸到胸膛，似乎只要再向前一點點，就能成為一條魚了；海的浮力讓腳跟逐漸離地，像是催促著不斷向前。不遠處捲起了一層高浪，像是要來歡迎你投向海的懷抱，你猶豫的看著浪的觸角快要碰到自己，卻不由得一步一步往後退，而且越退越快，你轉身快跑，想要拉開與高浪的距離，浪潮幾乎和你同時抵達岸邊。你跌坐在沙灘上，轉頭看著浪頭，它彷彿惋惜的潛回海裡，發出一陣陣嘆息。

在淺灘休息的時候，有那麼一刻傻傻的想像：

大海的盡頭在哪裡呢？

是大陸？是日本？是北極？

那一頭是否也有個傻小子，思考一樣的問題呢？

在海底漫游的魚兒，

牠知不知道自己是哪個國籍呢？

嘿！臺灣的魚！沒有蓋章你不能離開；

喂！大陸的魚！沒有簽證你不能越界；

喔！凶悍的日本魚；

喝！漏網的菲律賓魚……

乖乖的，臺灣都歡迎你們來。

　　你坐在岸邊傻笑了起來，好啊！自由的海、自由的魚、
自由的你……回過神來，你拎起擱在岸邊的布鞋，準備回
到永和的家。

這次，你不用經過軌條砦、地雷、玻璃山、鐵絲網、

衛兵、崗哨……

不會飛的鳥

你專注的看著雙手一放的同時，
那翅膀像是慢動作般的展開，
觀察牠優雅的飛翔，
臉頰感受到空氣的流動。
展翅……飛吧……真是美妙呀！

高二以前不曾看過眞正的鴿子，
那時獨自一人看守一棟三層樓的大房子
每個樓層約有七、八十坪大，
我就住在完全沒有隔間的頂樓。
那是個又是強風又是暴雨的颱風清晨，
所有的窗戶都乒乒乓乓的強烈作響，
空氣有種清新的涼意，
這時候的被窩格外舒適。

　　奇怪，怎麼北面的窗戶似乎有個影子晃呀
晃，不會是眼花吧？待我走近一看，唷！沒錯，這影子
是隻鳥，而且還不是隻小鳥喔，八成是來窗臺躲雨，我緩
緩的打開個小縫……

　　我那時候還不曾見過鴿子，以為是隻比較胖的斑鳩，
顏色也比較亮，可牠一點也不怕人，竟還乖乖的讓我輕易
抓住。

毛茸茸的羽毛與微溫真舒服，這時我看到鳥的腳上有只像是鋁製的腳環，但卻看不出這位朋友是從哪裡飛來。我終於碰到書上才有的鴿子，真的很興奮。

　　不用擔心牠會飛走，因為窗戶都關起來了，對鴿子而言這應該是最寬敞氣派的鴿舍了吧，七十坪呢，我成為牠唯一的朋友。

　　風雨一停，連忙回家準備找些生米來餵食這位遠方的朋友，然後急著告訴弟弟妹妹以及鄰近的同學，但是我爸爸一聽到就來阻止了，因為那時候的金門是前線，仍屬於戰地政務戒嚴地區，禁止養鴿子，禁止放風箏，禁止持有望遠鏡，就連買臺相機、買顆籃球、排球、足球都得造冊登記呢！

　　鴿子能挾帶訊息且長距離的定點飛行，望遠鏡可以偷窺重要軍事設施，風箏能讓對岸的敵人測量方位，相機能做影像情報記錄。金門廈門相隔僅 1.8 公里、隨便抱著

一顆籃球、排球、足球就能漂流過去。很久很久以前，某位很有名的人物，相傳就是這麼叛逃到大陸的……所以呢……不可以養鴿子呀，如果被警察查到，那將會很麻煩很麻煩的。

　　難得遇到不怕人，而且體型姿態那麼優雅的鳥，要把牠放了，我真的很捨不得，足足過了三天才將牠放了。但在這三天，我盡情的、近距離的觀察牠的飛行。我最喜歡看牠的起飛與降落，起飛時羽翼伸展翅膀振動，讓我感應到氣流波動與生命的力道；降落前滑翔的曼妙輕巧，讓我感受到和諧與優雅。從此，我開始喜歡看鳥了，而金門，鳥可多了。

　　高中畢業後，因為考上國立藝專（就是現在國立臺灣藝術大學的前身），來到臺灣。有一次和同學去青年公園寫生，看到好多小朋友在放風箏，才想起我幾乎都忘了自己曾經喜歡看鳥的飛翔；而且，我還沒有玩過風箏呢，高空中的風箏別有一番風情，於是玩性大發，跟公園角落賣風箏的老伯買了個風箏，邀同學一起玩，哈！可是竟沒有一個同學要跟我玩風箏，怎麼會這樣呢？……

　　原來大家小時候都早已玩膩了，只有在金門前線的孩子不曾玩呀！於是，公園裡一個大傢伙像小丑般笨手笨腳的弄著飛不起來的風箏，花了好長時間我才掌握到要領，風箏終於越飛越高，離我也越來越遠了。

　　那一條細細的線傳來一陣陣的拉力，似乎有種神奇的韻律，是否藏著天空的訊息呢？儘管是二十歲的大男孩在玩風箏，心情卻和五歲的男孩一樣快樂，一樣充滿幻想。今天的天空上有我添加的色彩，紅橙黃綠各式各樣的風箏，而我知道我在其中，彷彿我就在那風箏上。二十年後回想起那時那刻，彷彿昨日。

風
有風
箏的自由
給我光鮮的色彩
再給我浩蕩藍天為舞臺
風越大，我的舞蹈越是精采
凡人只能仰望，我在烈烈風湧的高空
放懷忘情的存在；看山看雲看海，卻忘記
還有條細細的線，想要更高更遠更自由，於是我

於是我請求痴人呀，請把線剪斷，給我自由，同哮與人說的…如果我

把線剪斷了，你真的能自由嗎？

不能笑的「開口笑」

那浪肯定有八級以上，浪都打到甲板上
時不時船頭還沒入浪中。
遠遠看別的船在浪與浪之間載浮載沉
上下翻得好厲害。

　　高中畢業那年，第一次搭船離開家鄉金門，在那個年
代，搭船是一件大事。因為我們要搭的船，是種俗稱「開
口笑」的中字號登陸艇，是二戰時美軍搶灘的主力，在《搶
救雷恩大兵》以及《來自硫磺島的信》這些電影裡都可以
看到沙灘上排滿這種 LST 登陸艇。

　　這種船的船頭會左右打開，然後從正中間伸出一塊很
大的甲板，人員車輛就從這上下，所以大家都稱這種船叫
「開口笑」，坐這種船對當時的離島居民來說，整個過程
簡直像是逃難一樣，真是一場災難，尤其在冬天，相信沒
人笑得出來。

　　那時候每到過年，我們很多人就只能坐這種船回金門，我們得先打聽好船期，然後從臺北趕到高雄的 13 號碼頭（就是現在的光榮碼頭）附近巷子裡的金門同鄉會。

　　那時候沒有手機可以查詢確實的開船時間，因為軍艦哪時候開可是個軍事機密呀，所以常常在高雄一等就是好幾天。在那幾天大家都不敢離開這範圍太遠，因為海軍只會提前半天在碼頭外公布真正的開船時間，怕幾小時一疏忽，開口笑就開走了……

　　聽說金門同鄉會裡有通鋪床位可睡，但是一到過年，那小巷子裡恐怕擠進了幾千人呢，有時就只好和幾個同學

在附近人家的騎樓下假寐一下。

　　確定開船時間後，人潮開始往 13 號碼頭湧去。尤其是接近過年的最後一班船，簡直是人山人海，每個人都提著大包小包的行李，擠得水洩不通、寸步難行，就像電影裡頭逃難的難民！大家會拚命擠，因為船票上頭是沒有座位號碼的，先上船的就可以先搶個好位子。

　　這種 LST 登陸艇，原本是二次世界大戰美軍的主要運輸艦，用來裝載裝甲車、坦克、卡車等重裝備，船底是平的，方便搶灘登陸作戰。它唯一的特色，就是有個好大好大的肚子。坐這種船，搶到好位子非常重要。所謂好位子，

　　就是在坦克艙中間找到一個夠讓自己躺下來的角落，如果
不得已坐到船的兩側，上下搖晃得格外厲害，你得有個強
壯的胃才吃得消，而航程是一天一夜以上呢！

　　一般都在天微亮時啟程，出港後會在外海會合其他軍
艦，然後再一起往金門開去；夏天的風浪還好，但過年時
的東北季風可不含糊。有一回過澎湖的黑海溝時，那浪肯
定有八級以上，浪都打到甲板上，時不時船頭還沒入浪中。
遠遠看別的船在浪與浪之間載浮載沉，上下翻得好厲害，
別的船看我們八成也是如此，我想出船艙透透氣，因為裡
頭真是慘不忍「聞」呀。

　　想像一下，密閉的船艙充滿柴油味、煤油味、汗臭味、臭腳丫味，更糟的是幾百人嘔吐的酸味，哇！慘慘慘！現在想起來我的眉頭鼻子全都皺在一塊了。

　　一天一夜之後，當海的遠方冒出兩個小小像冰淇淋的白色圓球，那會引起全船的騷動，於是心臟似乎跳得更厲害，因為金門到了，那是太武山頂的雷達站，終於快離開這場災難了……然而到了金門，還必須等漲潮才能上岸。登陸的地方叫做新頭，完全不像碼頭，倒像是海水浴場。那是一片白金色的沙灘，當船頭一開口，所有人全都爭先恐後的向外衝，「搶灘」囉！終於可以開口笑了。

満心歡喜

卻又帶著某種不知名的害怕走過沙灘

終於能夠理解古人所謂的近鄉情怯了

回家的路

是鐵色的船、擁擠的人、蒼茫的天、遼闊的海

路越是難走

家的思念就越重

遊子的心

……漫漫迢迢……

不是軍人的軍人

街上擠滿穿著民防隊制服的男男女女，
每個人肩上都背著一把槍，
有的提菜籃、有的拎棉被、有的牽小孩，
回頭想想又滑稽又弔詭。

常常在國際新聞看到「自衛隊」這三個字時
總會有種矛盾的情緒油然而生
這三個字對我來說格外的醒目
因為那代表的是地球上某個地方的不平靜
勾起的是小時候的種種回憶……
小時候我的家鄉金門也有一個「自衛隊」
正式的名字是「金門民眾自衛總隊」
他們雖然是老百姓
但有制服有鋼盔，有刀有槍
卻沒有軍階、沒有軍籍、沒有軍餉
到了午餐時間還得回家吃自己
一些婦女還得煮飯、帶小孩呢……
他們是一群不是軍人的軍人！

在戒嚴時期，金門的居民不分男女老少都要加入民防隊，以便戰爭發生時，每個地方都具有獨立作戰的能力。民防隊每年在特定的時間要接受戰鬥訓練，我們小時候念書除了正常的假期外，還會多出叫做「演習」的「額外」假期。可以不用上學，太棒了！

島上常常會有演習，街上就會擠滿穿著青綠色民防隊制服的男男女女，每個人肩上都背著一把槍，有的提菜籃、有的拎著棉被、有的背著嬰兒、有的牽著小孩、騎腳踏車的、拉推車的，好不熱鬧，回頭想想又滑稽又弔詭。

　　雖說「演習」時，學校就會放假，但是並不能出去玩，只能窩在家裡寫功課。我家就在金門縣政府所在地金城鎮的莒光路上，有時我會偷偷的爬到二樓往外頭瞄一瞄，看平時熱鬧的街道變得空蕩蕩的，一個人也沒有，只有中興街口與觀音亭有一、二個民防隊站崗。

　　想像一下，如果把當年的情景搬到今天來看多麼嚇人，人人一把槍呢！

　　高中每學年都會有一場行軍日，有時還得跟鄰居「借槍」。當時自衛隊訓練是「無給職」的，不但沒有薪餉，中午訓練休息時間還得回家吃自己！平常日子，阿堅他爸的配槍就掛在家裡廳堂，很酷吧！

　　相傳胡璉將軍擔任金防部司令後，就把島上的成年男

女都編成「金門民眾任務隊」，只要是設籍在金馬地區、體格合格的居民，男孩年滿 16～55 歲，就編為乙種國民兵；女孩年滿 16～50 歲，就編為婦女隊，從事救護醫療、支援作戰的任務。記得我高中畢業時，就收到一張乙種國民兵證。

那時民防隊制服有幾次改變，但我記憶比較深刻的是青綠色，和當時的正統陸軍很不一樣，後來改為深色迷彩就沒再換過。

回想起以前的雙十國慶，我們可驕傲了，因為「金馬自衛隊」的踢正步又帥氣又拉風，我們都會特別注意閱兵典禮的轉播，總想從隊伍裡頭找到同學、鄰居、朋友……

記憶的場景越來越模糊，照片的人影越來越泛黃……

金馬自衛隊

金門民防自衛隊的資料是這麼寫的：「1973 年，金門選出民防女隊員三百名，經過集訓後，參加九三軍人節大會，作操槍表演，首度獲得中外人士的激賞。1975 年 10 月，包含男女在內的 400 名隊員，參加慶祝國慶閱兵典禮，之後於 1976 ～ 1987 年，每年選拔男女隊員 256 員，經嚴格訓練後，與馬祖的民防隊結合，在每年的國慶大典或閱兵典禮上，成為中外人士目光的焦點。參加閱兵的隊伍中，在政戰學校女學生隊伍之後，接著是金馬女民防隊員、男民防隊員的順序，通過閱兵臺前，從全場的歡呼與掌聲中，數萬名在場來賓和電視機前的觀眾，都爭睹戰地女子的丰采，從此，『金馬女兵』成了巾幗英雄的替代詞，也為戰地女子數十年戰地生涯畫下了完美的句點。」

不高卻不可攀的太武山

傳說中高山上深谷裡的寺廟
住著一位武功高強的俠客
深藏不露的出家和尚；
在某個突崖之下
藏有一部武功寶典……

小學三年級時我從莒光國小轉學到金城國小，
坐在我後面那個同學有個特徵讓我印象好深刻，
雖然他個子不是挺高，塊頭不是挺大，功課不是挺好，
但他的手卻是全班最大，
而且又粗糙又有力，
讓我驚訝的是他那一手毛筆字寫得好極了，
甚至比老師寫得還好。
原來他們家是專門刻石頭的，
可是他有一件非常得意的事，
那是關於金門的一塊石頭。

　　巨石位於小時候不可望不可及的地方，是全島最高作
戰指揮中心，有著層層關卡、重兵防守、戒備森嚴的「太
武山禁區」。太武山不高，才二百五十多公尺而已，光禿

那可是金門最高、最大、最有名的一塊石頭

上頭有先總統蔣中正題的字

正是他爸爸一手刻成的

那四個大字寫著⋯⋯

「毋忘在莒」。

禿的花崗岩、稀疏的樹林，現在來看其實沒那麼雄偉，可是我小時候對它可是抱持著極大的幻想，就連山上有座數百年的海印寺也充滿了神祕感。

　　太武山總是那麼讓我懷抱奇幻的想像，只因為它的神祕色彩。當時是重兵集結的堡壘重鎮，只有每年正月初一、初九「天公生」，以及初十五才開放讓老百姓上山進香。

　　青少年時期喜歡看武俠電影和武俠小說，阿堅說那傳說中高山上深谷裡的寺廟，也許住著一位武功高強的俠客、深藏不露的出家和尚，也許在某個崖壁中藏有一部武功寶典……夢想著在斷壁岩縫中，覓得一株倍增功力的奇花異草，然後就可練成絕世武功，哈哈哈！每年有幸去登這座心中的聖山，都會小心翼翼的觀察。

　　念書時最常和同學搭公車往返山外與金城，軍事戒嚴時代的太武山簡直就是草木皆兵，很難靠近。路上我們總是帶著敬畏的眼光，聊著某某司令官某某將軍、傳說中的金防部、擎天廳、水庫、鑑潭山莊、八二三戰事和國共戰役等，走過太武山公墓、忠烈祠，特別感到肅穆的氛圍，

想到屈原的悲與壯：「出不入兮往不反，平原忽兮路超遠。
誠既勇兮又以武，終剛強兮不可凌……」

　　小時候爬太武山一點也不費力，有一處景點名為鄭成
功官兵奕棋處，總會讓我駐足許久。此地居高臨下，極目
眺望俯視金門視野壯闊，讓人不自覺多深呼吸幾口，相傳
鄭成功曾經在此泡茶下棋聊天，那時的我就想呀想呀，說
不定我站的位置也是鄭成功當年最喜歡站的位置，我們這
一擦身而過，就是三百年，時間的河呀，不捨晝夜！

　　後來高中畢業我們都來到臺灣，之後逢年過節兩地往
返，那是尚未有民航機的年代，返鄉都得搭乘如難民般的
交通補給船，經過一天一夜的顛簸，許多人暈船吐得七葷
八素，但只要能在船上眺望到太武山上那兩顆白白的霜淇
淋圓球（雷達站），就會讓所有歸心似箭的遊子雀躍不已，
因為思念的故鄉已在眼前了！

當戰地政務解除之後，

除了幾個重要管制區，

太武山也大部分的開放，

現在隨時想去就可以去，

以前三步一崗五步一哨，

風聲鶴唳重兵集結的要塞地帶，

一旦褪去了神祕面紗，

莊嚴的太武山似乎不再那麼莊嚴，

小時候認為雄偉的太武山

似乎也不再那麼雄偉了。

浯江無潮風拍岸，

太武山孤峰雲翻湧

……那是一條看不見的線

而線，越畫越長……

不是鬼的水鬼

他們神出鬼沒的訓練自然也很不一般
從海上長泳、潛水，
到近身格鬥、爆破等超越人類忍耐極限的戰技，
他們可說是戰士中的戰士
男人中的男人。

小時候，我的短褲大多是紅色
這種紅短褲穿起來讓我覺得挺神氣，
因爲上面印著特別的圖案
一個頭戴蛙鏡背著水肺握著利刃的潛水員
旁邊四個字寫「海龍蛙兵」，
這是當時金門最酷最凶悍最傳奇的軍人
連憲兵都不大敢招惹他們。
我四姨是瓊林村最屬害的裁縫
幫很多部隊繡名牌、修改衣服、印旗幟
蛙人大隊就是其中一個，
阿姨就利用多餘的布料
幫我和弟弟做了小蛙人短褲。

最早期成立的海龍蛙兵稱作「偵察隊」，1953年正名為「反共救國軍海上突擊隊」，1954年蔣經國指示更名為「成功特種蛙人隊」，簡稱「成功隊」，意思是「只准成功，不許失敗」。1973年正名為「陸軍101兩棲偵察營」，代號「海龍蛙兵」。

兩岸交鋒的年代，雙方都會趁夜黑風高，派蛙人潛伏到對岸據點去進行滲透、偷襲、暗殺、破壞等任務，這是海防哨兵心中最大的夢魘，早期有些廢棄崗哨傳說就是被對岸的水鬼給「摸哨」了。

也因為蛙人任務比任何一種部隊都來得驚心動魄，他們神出鬼沒的訓練自然也很不一般，包括許多很不人道的過程，從海上長泳、潛水，到近身格鬥、爆破等超越人類忍耐極限的戰技，他們可說是戰士中的戰士、男人中的男人。即使是寒流來襲的大冬天，我們遇見的海龍蛙兵也幾乎都不穿上衣，依然黑黝黝的打著赤膊，穿著紅短褲呢！

這些年我在花蓮認識兩位新朋友，年輕的六十多歲，年紀大的八十幾歲，他們都曾多次到對岸執行要命的任務。和年紀大的彭伯伯的相識是最傳奇了。

2013 年 3 月在花蓮一條小巷子裡，經由榮民之家戴大哥介紹一位榮民伯伯幫我做腳底按摩，伯伯人好親切，儘管已經八十二歲，手勁依然很強，讓人印象深刻。按摩的過程自然要閒話家常，聊著聊著我雖不是很上心，但還是記著了幾個環節，知道伯伯年輕時就駐防過金門。

　　每年一到四月我定會回金門掃墓，因為浯江溪事件，讓我更認真的看著金門過去的點點滴滴，網上有人貼了一張昏黃的老照片，上頭寫著……烈嶼……湖井頭……昔日總統巡視蛙人部隊，因為小時候和蛙人的一段際遇，這張照片便多看了兩眼，那右邊數來第二半蹲的蛙人覺得挺眼熟，卻尋思不出什麼人，直到第二天才將彭伯伯的臉型、神情、身材、體態、年齡、時代聯結起來，5 月後回到花蓮後再去找他。

　　我只想確認是不是他，確認的過程空氣有點凝結，因為他自己從未看過這張照片，加上當時他已經是 82 歲高

齡，所以一開始也不是很肯定，但看了看照片中旁邊的幾位戰士，卻開口說：這個走了……這個也……這個……這個……他們都已經走了。

當年相機嚴格管制，而且是和總統蔣公的合影照片，他哪裡敢去跟上層索求照片，最重要的是……拍完這張照片沒多久，他和幾位戰友出了一趟要命的任務，同伴們全掛了，只剩他一個人身中三槍驚險逃回，然後緊急送臺灣救治，所以他不曾看過這張照片。時間相隔六十年，那張昏黃的老照片，可正是他的黃金年華、光輝歲月的證明呀，在那時代，如果沒有點真本事，誰能和蔣中正合影呢！

我原本只是想，如果真是他，幫一位榮民伯伯找回昔日飛揚的青春，我也不過是做個順水人情罷，可沒想到一張老照片卻引出一個令人驚嘆的傳奇故事，讓我見識一位有著深厚中國武學底蘊的長輩，如同戰爭武打動作片的真實情節，穿梭在槍林彈雨下的彪炳戰功。

英雄本無淚……只因，夢回少年。

不見天日的地道坑道水道

太武山裡有座好大好大的山洞
可以容納好幾千人；
海邊山裡有條好長好長的水道
那是金門最有名最神祕的坑道。

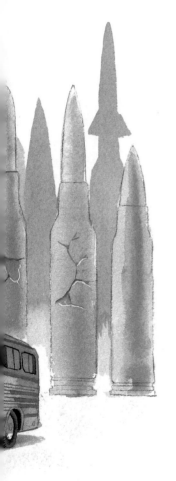

小時候，因為有一群外賓來金門參觀
可能是需要當地的孩童做背景
而我剛好是做背景的好材料，
於是就跟著這群外賓
參觀了很多金門本地人在當時
也不能去的地方。

作為一個典型的男孩，擁有活潑調皮好奇的個性是挺正常的，但有兩個地方讓我自動收斂了調皮的本性，因為那鬼斧神工的氣勢令我瞠目結舌，即使相隔了數十年之後再次重遊舊地，依然讓我讚嘆默語，敬畏不已。這兩個地

万，一個是藏在太武山裡一座好大好大的山洞，可以容納
好幾千人；另一個是藏在海邊山裡一條好長好長的水道，
那水道可以停泊好幾十艘船，而且全都是人工挖出來的山
洞！

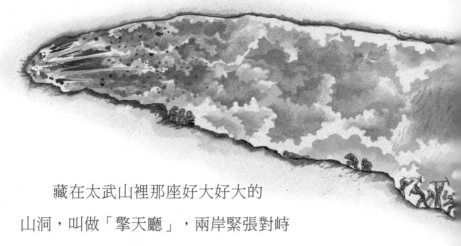

　　藏在太武山裡那座好大好大的
山洞，叫做「擎天廳」，兩岸緊張對峙
的年代，剛調到金門的士兵都得來這兒聽訓，
一些重要的勞軍表演或電影也在這播放，這應該是全世界
最獨特的電影院了。因為廳堂高大壯觀，不見任何一根梁
柱支撐，裝潢是用花崗石壁龍蟠虎爪烙痕的紋理，氣魄雄
偉，凸凹尖稜，有鬼斧之巧、神工之力。

　　我第二次來是以軍人身分，由於這裡是太武山軍事管
制區的核心地帶，一路上會通過許多的明崗暗哨，進入坑
道後，還會經過層層防爆門，那是非常厚重的鐵門，每個
轉角都有警戒的衛兵與憲兵。

　　這麼浩大的人工岩洞，巨石上一斧一鑿開挖的痕跡清
晰可見，當年有多少人來挖這山洞，有多少人為這個山洞
留下他的汗水、酸楚、血淚、歲月……

　　更沒想到的是，整座大廳的開鑿竟花不到一年的時
間，哇，那會是怎樣的拚命趕工！

　　為什麼阿兵哥的臉盆都是凹凹凸凸的呢？因為臉盆不只是洗臉刷牙而已，軍事需要的時候，裝石頭、裝沙土、裝水泥也是你的臉盆⋯⋯

　　整個金門有許多大大小小的坑道交錯層疊，有些坑道甚至大到坦克車都能走呢，我所屬的坑道聽說也能與擎天廳相連。住在坑道的記憶非常深刻，冬暖夏涼不用說，但幾百幾千人待在同一條坑道，通風又不好，於是你不能常放屁，太會放屁大家會討厭你的。

另一個是藏在海邊山裡一條好長好長的水道，叫做「翟山坑道」。

　　幾乎所有走進翟山坑道的人，都會讚嘆那不可思議的地下港口，因為要在那麼堅硬的花崗石岩盤挖出這麼巨大這麼長的洞，那得耗費多少人力多少年月多少血汗呀！雖然金門到處都是坑道，但最有名最神祕的坑道，就是這條海龍蛙人的快艇基地，船可以從海上直接開進山洞裡像一個 A 字型狀的小碼頭。然而我反而想起小時候的「水鬼叔叔」——原來這就是他們「上班的地方」！

　　坑道全長 101 公尺，寬約 6 公尺，高約 3.5 公尺；水

道呈Ａ字形，全長357公尺，寬約11.5公尺，高約8公尺，
共可停靠42艘小艇。八二三砲戰之後，金門進入「單打雙
不打」時期，這段期間為了不被敵軍發現順利補給物資，
金門與馬祖許多坑道都是在戰備需求下，開鑿了幾座這樣
的地下碼頭。

　　現在開放觀光之後，坑道閘門已升起，裡面的水道平
靜得像一面鏡子，而外頭浪濤澎湃，潮聲迴盪，彷彿當年
戰士的呼喚，依然嗚咽，依然嘆息……

後記

關於「禁區」這塊三角牌子……

這本書除了封面還特別做了這塊三角牌子，其實是有原因的。這特別原因，得要說起有一次我回金門參加一個活動，結束後和許多同學到她經營的民宿，繼續重溫兒童時期的回憶，那是一棟古早的閩南式二落大厝的四合院，經整修後改為很具兒時記憶的特色民宿，那種氛圍下我們老同學自然很快就融入其中，於是東家長西家短你扯旗我放砲的互相虧來虧去，就在大夥兒搶著插話的縫隙，我隨興的四處看看她的民宿空間，其中一個房間讓我驚奇的停了下來，唉呀呀，這房間是藏了什麼怕人家進入呢？竟在門把放了這麼一塊雷區的三角牌子，知道答案後更

讓人拍案叫絕，我笑得差點肚子抽筋。這房間究竟是藏什麼呢？原來呀，這就是民宿主人的閨房，掛著雷區的鐵牌；金門都解嚴十幾年了，這位女同學還在戒嚴呢！哈哈哈！

閨房門前掛著雷區的鐵牌，實在太有創意了，而第二天我去結拜兄弟明仁排長家裡，上樓梯到他的辦公室又看到另一塊雷區的鐵牌，我心想：這塊雷區的鐵牌太有戲了。

約隔了半年後，我在金城鎮公所有一場畫展，畫展的主題是雷區的候鳥，也是這本《禁區》的前導書；布展的第一天花了很多時間在安排圖畫的擺放位置、調整燈光以及開幕流程的討論，多虧幾位故事媽媽的幫忙，倒沒留意其中一位的老公也來到現場。那時已經接近鎮公所下班時間了，國智兄站在一幅有鐵絲網與掛著紅色雷區三角牌的圖畫前，輕聲的問我：「李大哥，我覺得您這次的畫展如果有真的鐵絲網、真的雷區三角牌，一定更有味道喔！」

　　我回應他：「如果有自然是更棒嚕，但是到哪裡找呀？」回答的同時，我想到我那結拜兄弟明仁排長家裡和隔壁班同學各有一片，唉，可是只有兩片能作啥呢？而且只剩明天的一個白天時間能布置，唉，我別作夢了……想著想著我瞧見他慢慢地露出淺淺的微笑，我感覺到這淺淺的微笑似乎是有那麼點名堂嚕，嘿嘿！

　　果然沒錯，他露出潔白的牙齒，說：「如果你需要，我可以幫你忙。」我還記得當時我立刻表達了感謝，但擔心布置的時間不足，且一時之間沒辦法找到那麼多鐵絲網。仁慈的國智兄又說：「沒問題，鐵絲網我負責幫你搞定，你要新的還是舊的？雷區的三角鐵牌你需要幾塊？」真是太振奮人

心了，原來國智兄是守衛海防的重要軍人，而這次畫展主題正準確的映射到他們的心境，所以毫不猶豫的要找弟兄來幫忙。相信當時我的嘴巴可能張開了很久，太棒了！

隔天真的就靠他帶三位海防弟兄幫忙，因為裝置鐵絲網還得用特殊的鉗子與好厚的皮手套，不然太容易被刺傷刮傷了。這大概是我最特別的一場畫展，所有的圖就被這一大堆又黑又鏽的鐵絲網纏綿其中，而這些又黑又鏽的鐵絲網可也是曾經為衛戍金門盡一份力量了，謝謝你們，我的朋友。

一條看不見的線

多年以前，我去找兩個許久不見的老同學，那時的他們剛完成一件非常重要的大 case，我前去祝賀。老同學相見當然得用昔日的綽號相稱，一位是石頭，另一位是阿豬仔，一

碰面禮貌上就是要先互掀瘡疤再來聯繫聯繫感情，但是在我們的聚會快結束時石頭冒出了一句話：「說起來阿倫也實在很不夠意思（學生時代我的綽號叫阿倫），你畫了那麼多地方，反而自己的家鄉都不畫，我們金門有那麼差嗎？」石頭的表情是認真的，這是帶有指責的語氣，我其實知道這是因源數十年同窗之誼的善意，但我的滑頭稟性馬上回嗆：「嘿！石頭你寫呀，你馬上寫我馬上畫。」石頭也不是吃素的，他的回馬槍也是有到達上乘段數喔，所以立刻回應：「○○××再××○○」。

　　之後我心底常常冒出這段對話，盤據我人生旅程比重最重的一塊記憶，如何畫出來寫下來呢？可是我發現，越挖越深越嚐越酸越想越苦，原來用情越重的回憶，越是思念的土地，越是親密的人，你反而越難下筆，不管用什麼樣的語彙，不管用什麼樣的畫筆，都覺得無法把你那靈魂深處的悸動清楚的表達，我寫不出來，這就是瓶頸！

　　幾年前在臺北有場座談會，那是第一次和楊茂秀老師見面，他很幽默、很紳士的丟一個大問題給我：「嗨！如青，每個故事都可以依附你的邏輯，但是藏在邏輯背後的那條線，那是和生命有關的一條線，你應該要把它找出來，這些是值

得拿來說一說的。」

　　為著那一條和生命有關的線，於是，你特別返回金門一趟，想把有記憶以來的成長軌跡重新再走一遍，期望許多似乎消失的記憶能夠重新浮現，因此這一次的返鄉格外深刻。

　　從松山機場到金門機場不過是個把鐘頭的旅程，下飛機時，你特別把腳牢牢實實踩在那水泥地上，你特別的深深吸口氣，特別留意臉頰迎來的風，你開始尋找，尋找已經消失的過去，猛然想起一個小時前還在臺北的事，竟變得像是好遙遠好遙遠的事；在車上你張望兩旁快速倒退的農田，盯著那低頭吃草的母牛，風中的草腥味還是不變的草腥味，然後提著沉重的行李轉過那條熟悉的街道，觸目所及又多了好幾個店家鐵門深鎖，原已蕭瑟的老街更蕭瑟了，小巷內那個牆壁的裂痕依舊，缺的那一角還是缺一角，一切好像什麼也沒改變，一切好像都在等你回來，一切、一切彷如昨日；都說是近鄉情怯，為什麼回家的遊子會害怕呢？那不過是一條你非常熟悉的線，你的底細你的來歷你的軌跡，如青兄呀如青兄，你到底在怕什麼呢？

　　每年我們結拜兄弟總是會找各種理由來聚一聚，而我們聚會最重要的飲料就是高粱酒，這回我也特別品味品味這再

熟悉不過的味道。唉呀呀，又辛又嗆又麻又辣真是難喝極了，咱們一定要喝高粱嗎？你真以為你喝的是高粱嗎？

　　你喝的其實是曾經飛揚的青春，你喝的其實是曾經熱血的年少，你喝的是歃血兄弟的義氣，你喝的其實是不能卸下的包袱，你喝的是無法重新組合的記憶，你喝的是在異鄉拚搏的孤獨，你喝的是無法明說的傷感，你喝的是無人懂你的寂寞，你喝的是又酸又甜又苦又辣的種種。吁！如此千頭萬緒百感交集五味雜陳的一條線哪！

　　隱隱約約牽引著我的那一條線、載浮載沉，熟悉又陌生，從過去糾纏著現在，從現在交錯到未來；也許你也一樣，有一條看不見的線。當你冷眼觀看時光的流轉，你發現時光的一個祕密，多年前老師說的話你彷彿有一點懂了……

　　過去，其實從未過去，

　　它一直都在，

　　它一直都在，

　　問題是，你回不去……

作者簡介

李如青

　　1962 年出生在海角窮荒的金門縣境，1987 年
來臺謀生，喜歡爬爬山、看看電影、下下廚、逗逗
小孩。國立藝專畢業，曾在廣告公司擔任企劃工作。
2007 年，因為一個偶然的際遇，體認到這塊土地上
的一切是如此美好，從此開始繪本創作，作品有：《那
魯》、《勇 12：戰鴿的故事》、《雄獅堡最後的衛
兵》、《紋山》、《旗魚王》、《不能靠近的天堂》、
《因為我愛妳》、《追風者》、《拐杖狗》等書，
曾獲 2011、2013、2015 年豐子愷圖畫書獎入圍、
第 32、36、39 屆金鼎獎「兒童及少年圖畫書類最佳
圖畫書」、2010 年好書大家讀年度最優秀畫家大獎、
2012 年好書大家讀年度最優秀畫家大獎等。希望將
自己所見、所聽、所聞、所感知的美好和每個孩子一
同分享。

國家圖書館出版品預行編目資料

禁區 / 李如青文.圖.
-- 初版. - 臺北市：幼獅, 2015.07
面； 公分. -- （散文館；18）

ISBN 978-986-449-004-2 （精裝）

855   104008206

・散文館018・

禁區

文 ・ 圖＝李如青
美術編輯＝李如青
出 版 者＝幼獅文化事業股份有限公司
發 行 人＝李鍾桂
總 經 理＝王華金
總 編 輯＝劉淑華
副總編輯＝林碧琪
主   編＝林泊瑜
責任編輯＝朱燕翔
總 公 司＝(10045)臺北市重慶南路1段66-1號3樓
電   話＝(02)2311-2832
傳   真＝(02)2311-5368
郵政劃撥＝00033368

門市
・松江展示中心：(10422)臺北市松江路219號
電話：(02)2502-5858轉734 傳真：(02)2503-6601

印   刷＝嘉伸印刷股份有限公司
定   價＝300元
港   幣＝100元
初   版＝2015.07
書   號＝986271

幼獅樂讀網
http://www.youth.com.tw
e-mail:customer@youth.com.tw

（本書第 16-17, 18-19, 26-27, 43, 72-73, 78, 94 頁圖片引用自《不能靠近的天堂》一書的局部；
第 54-55 頁圖片引用自《旗魚王》一書的局部）